yrien
Pakistan
en
Bangladesh
Burma
Indien
Thailand
Jemen
Philippinen
Äthiopien
Papua-
Neuguinea
Indonesien
Samoa
Fidschi
Madagaskar
Tonga

Herausgegeben vom
Internationalen
Ökumenischen Arbeitskreis
für Taubstummenseelsorge

Ein Lesebuch
mit vielen Bildern von
der Verkündigung
der »Frohen Botschaft«
in der Welt

St. Benno-Verlag GmbH
Leipzig 1986

Ich bin immer bei euch

Die Fotos dieses Buches
wurden in vielen Ländern gemacht.
Wo diese Länder auf der Erde sind,
zeigen die Weltkarten
auf den Innenseiten des Einbandes.

ISBN 3–7462–0096–2

Vorwort

In unserer Zeit erfahren wir durch das Fernsehen von anderen Ländern.

Jesus sagte zu den Aposteln: »Gott Vater hat mir alle Macht im Himmel und auf Erden gegeben. Darum befehle ich euch: Geht zu allen Völkern und predigt das Evangelium allen Menschen. Denkt daran: Ich bin immer bei euch!«

Dieser Bildband berichtet von der Verkündigung des Evangeliums – der »Frohen Botschaft« – in vielen Ländern der Erde.

Die Texte sind in einfacher Sprache für Gehörlose geschrieben.

Der Verlag wünscht allen Lesern Freude und Hoffnung, aber auch Dankbarkeit für den christlichen Glauben!

Mutter Teresa

Teresa wurde 1910 im Land Albanien geboren. Zuerst war sie Lehrerin. Später wurde sie Schwester und gründete in Indien die Schwesterngemeinschaft »Missionarinnen der Nächstenliebe«. Schwester Teresa hat zu den Schwestern gesagt: »Ihr sollt zu den armen und kranken Menschen gehen. Ihr sollt auch zu den behinderten Menschen und zu den Waisenkindern gehen und ihnen helfen.« Schwester Teresa liebt diese Menschen besonders und hilft ihnen ebenso wie eine sehr gute Mutter. Darum nennt man Schwester Teresa überall »Mutter« Teresa.

Immer mehr Mädchen kommen zur Mutter Teresa. Sie wollen Schwester werden und ebenso wie Mutter Teresa helfen und arbeiten. Diese Schwestern gibt es schon in vielen Ländern.

Mutter Teresa sagt: »Alle Christen müssen einander lieben ebenso wie Jesus uns geliebt hat. Zuerst muß man die eigene Familie lieben: Ehemann, Ehefrau, Kinder, Vater, Mutter, Geschwister und Verwandte. Aber man muß auch die anderen Menschen lieben und ihnen helfen. Das ist nicht leicht. Darum bittet Gott, damit er euch eine starke Liebe schenkt. Bittet auch um den Frieden.«

Mutter Teresa von Kalkutta in Indien.

Noch immer kommt die »Frohe Botschaft« von Jesus Christus zu allen Menschen. Im Osten und im Westen. Im Norden und im Süden. Überall auf der Erde treffen sich Menschen: sie beten gemeinsam und feiern zusammen Gottesdienst. Jesus Christus ist auch heute noch bei den Menschen: Wo zwei Menschen einander lieben, wo beide miteinander Not und Freude teilen, da begegnen sich nicht nur Menschen, da begegnen Menschen auch dem Herrn Jesus Christus.

Christus gibt vielen Menschen Freude und Mut für ihr Leben: in der Gegenwart und in der Zukunft. Jesus Christus läßt sie nicht allein. Wer sich bekehrt und taufen läßt, der kann auf Jesus Christus vertrauen. Darum können die Christen glücklich sein. Sie können sogar ohne Angst und ohne Verzweiflung den Tod erwarten. Die Christen in allen Ländern wissen: Sie werden ebenso wie Jesus Christus auferstehen.

Eine Eskimo-Mutter
mit ihrem kleinen Jungen in einer
Kapelle in der Arktis.

Weihnachten: Die Geburt Christi – die Hoffnung für alle Menschen

Das Weihnachtsfest ist für die Christen sehr wichtig. Auf der ganzen Welt denken sie Weihnachten daran, daß Jesus Christus in Betlehem geboren ist. Darum stellen die Christen überall in der Welt Weihnachtskrippen auf: in der Kirche und zu Hause.

An der Krippe denken die Leute: Gott Vater hat seinen Sohn Jesus auf die Erde geschickt, weil er alle Menschen liebt. Die Menschen denken: Gott verläßt uns nicht. Darüber freuen sie sich. Aber das genügt nicht. Wir müssen die Freude an andere Menschen weitergeben.

Im Stall von Betlehem war Jesus arm und hilflos und schwach – ebenso wie alle kleinen Kinder. Jesus will, daß wir alle hilflosen und schwachen Menschen besonders lieben und ihnen helfen.

Helfer in einer christlichen Gemeinde
in Eskimo Point in Nordkanada.

Die Frohe Botschaft für die Indios

Jesus sagte zu siebzig Männern: »Sehr viele Menschen möchten das Evangelium hören. Sie warten auf den Erlöser. Geht in die Dörfer und Städte. Ihr sollt predigen! Ihr sollt die Kranken heilen!«
(Siehe: Evangelium – Texte nach Lukas)

Auch in unserer Zeit warten viele Menschen auf die »Frohe Botschaft« von Jesus. Auch heute noch brauchen wir Pfarrer, Ordensleute (Schwestern) und Religionslehrer. Sie gehen in fremde Länder, weil Jesus es befohlen hat. Zum Beispiel: Sie gehen nach Peru in das Wohngebiet der Indios am Amazonas. Dort leben noch ungefähr 250 000 Indios.

In dem Wohngebiet der Indios hat man Erdöl entdeckt. Darum hat man eine große Industrie aufgebaut. Es wurden Straßen gebaut und Arbeitsplätze geschaffen. Aber: Alles ist für die Indios fremd und ungewohnt. Viele werden ängstlich und verzweifelt. Viele gehen vom Land in die Städte. Sie denken, daß sie dort besser leben können. Aber in den Städten bekommen sie keine Wohnung und keine Arbeit. Sie werden noch mehr verzweifelt. Darum trinken sie viel Alkohol und werden noch ärmer und krank.

Die Pfarrer helfen den Indios bei allen Problemen. Sie suchen für die Indios Arbeit und Wohnungen. Sie bauen Schulen. Sie möchten, daß die Kinder einen guten Beruf bekommen. Sie sorgen auch dafür, daß einige Indio-Kinder Pfarrer werden können. Sie möchten, daß die Indios nicht mehr verzweifelt, sondern zufrieden sind.

Der Großvater aus einem Nil-Dorf
in Ägypten hat noch
Zeit für seinen Urenkel.

Ein Stern leuchtet für alle Menschen

Am 6. Januar feiern die Christen das Dreikönigsfest. Sie erinnern sich: Drei Könige kamen aus dem Orient. Sie hatten den Stern von Betlehem gesehen. Sie machten eine lange und schwere Reise, weil sie Jesus anbeten wollten.

In manchen Ländern gehen am 6. Januar Buben und Mädchen von Haus zu Haus. Man nennt sie Sternsinger. Sie beten und singen und erzählen von der Geburt Christi und der Anbetung der Könige. Sie schreiben den Segen über die Türe: C + M + B (das bedeutet: Christus soll diese Wohnung segnen!).

Die Sternsinger tragen einen Stern. Das bedeutet: Die frohe Botschaft ist für alle Menschen: für die armen und reichen Menschen, für behinderte und nichtbehinderte Menschen, für gesunde und kranke Menschen. Die Sternsinger bitten um eine Spende für arme Kinder in anderen Ländern. Wir helfen ihnen durch Beten und Opfern.

Mutter mit ihrem Kind
aus der Arabischen Republik Jemen.

Behinderte und Kranke sind nicht nutzlos

1977 haben behinderte Menschen aus Mexiko Behinderte aus Lateinamerika eingeladen. Sie haben eine Gemeinschaft gegründet: Die Gemeinschaft der Behinderten und Kranken will helfen, daß das Evangelium allen Menschen verkündet wird.

Sie will dafür beten, daß immer mehr Männer und Frauen christlich leben und den Glauben weitergeben. Sie will, daß die Behinderten ihre Leiden und Sorgen aus Liebe zu Gott geduldig ertragen.

Die Gemeinschaft der Behinderten weiß: Gott hat uns das Leben geschenkt. Unser Leben ist wertvoll, wenn wir für Gott und die Menschen arbeiten und unsere Leiden geduldig ertragen ebenso wie Jesus sein Kreuz getragen hat.

Ein Pfarrer feiert den Gottesdienst
in einer Kapelle auf dem 2700 Meter hohen Assekrem
im Hoggar-Gebirge bei der Tuareg-Stadt
Tamanrasset in Algerien.

Guter Gott,
du hast alle Menschen erschaffen.
Sie sind deine Kinder.
Aber viele Menschen lieben einander nicht,
sondern sind ebenso wie Feinde.
Darum gibt es auf der Erde oft
Streit und Krieg und Verfolgung.
Die Menschen haben oft Angst.
Darum bin ich sehr traurig.

Guter Gott,
du weißt:
Ich bin sehr einsam, weil mein Mann
und meine beiden Söhne schon gestorben sind.

Guter Gott,
ich bitte dich:
schütze die Menschen vor Haß und Mißverständnis.
Gib ihnen deinen Frieden.
Segne auch unser Land und schenke ihm Frieden.

Gebet einer Mutter in Syrien

Eine Frau aus einem Dorf in Syrien.

Jeder Christ soll ein Glaubensbote sein

Alle Menschen warten auf die »Frohe Botschaft«. Sie hoffen auf den Erlöser. Deshalb hat Jesus schon früher Apostel zu den Menschen geschickt. Auch heute gehen immer noch Pfarrer, Ordensleute und Religionslehrer zu den Leuten in andere Länder. Sie belehren Christen und Nichtchristen über den christlichen Glauben. Sie beten zusammen mit den Menschen. Sie bringen die Liebe und den Frieden Gottes. Sie verkünden das Evangelium, damit alle Menschen an Jesus Christus glauben.

Aber jeder Christ soll ein Glaubensbote sein. Auch die Behinderten sollen Glaubensboten sein. Auch die Gehörlosen. Wie können wir Glaubensbote sein? Was sollen wir tun? Wir können freundlich sein. Wir können gut und geduldig sein. Wir können andere Behinderte und Kranke besuchen. Wir können anderen Menschen helfen. Wir können andere Leute trösten oder ihnen etwas schenken. Wir können beten. Wir können zum Gottesdienst gehen. Wir können andere Gehörlose auch zum Gottesdienst einladen. Wir können zusammen mit anderen Gehörlosen in die Kirche gehen.

Wir können sehr viel tun. Aber wir sollen es auch tun. Denn jeder Christ soll ein Glaubensbote sein.

Eine afrikanische Schwester aus Mali
spricht mit Jugendlichen eines christlichen Jugendzentrums.
Sie braucht für die weiten Wege
ein kleines Motorrad.

Simeon war glücklich und dankbar

Aus dem Neuen Testament: Evangelium nach Lukas

Simeon war ein frommer Mann. Er nahm im Tempel zu Jerusalem das Jesuskind auf die Arme. Er lobte Gott und sprach: »Gott, du hast den Erlöser geschickt. Alle Völker sollen an ihn glauben. Jesus ist der Erlöser.« (Siehe: Evangelium, Texte nach Lukas.)

Simeon hat im Tempel das Jesuskind auf den Arm genommen. Er hat geglaubt, daß Jesus der Erlöser ist. Er hat Gott gedankt, weil er vor seinem Tod den Erlöser sehen durfte.

Wir sind getauft.
Wir haben erfahren, daß Jesus der Erlöser ist.
Wir haben den Glauben bekommen.
Darüber sollen wir uns freuen und Gott dankbar sein.

Viele Menschen auf der ganzen Welt warten – ebenso wie Simeon – auf den Erlöser.

Wir sollen helfen, daß auch sie die frohe Botschaft erfahren, den Glauben bekommen und glücklich werden. Dann können sie Gott loben und ihm danken.

Der Pfarrer hat eine weite Reise gemacht,
um die christliche Gemeinde in Obervolta zu besuchen.
Er feiert zusammen mit den Christen
einen Gottesdienst.

Gebet – ein Zeichen der Liebe

Wenn man einen Menschen liebt, dann möchte man gerne und oft mit ihm sprechen.
Wer Gott liebt, der möchte gerne und oft mit Gott sprechen.
Mit Gott sprechen heißt beten.

Die Menschen beten, wenn sie krank oder unglücklich sind. Sie möchten Gottes Hilfe bekommen. Das ist gut, aber nicht genug. Wir sollen auch beten, um Gott zu danken und ihn zu loben.

Viele Menschen beten am Sonntag im Gottesdienst. Das ist gut, aber nicht genug. Gott sieht und hört uns jeden Tag. Wir sollen jeden Tag mit ihm sprechen. Wer Gott liebt, der betet gerne und oft, um ihn zu bitten, ihn zu loben und ihm zu danken.

Ein Bischof aus Indien hat gesagt: »Ohne Gebet gibt es keine Liebe zu Gott. Ohne Gebet ist unser Leben sinnlos.«

Eine Schwester betet
in einer Kapelle im Wüstenland Niger.

Der blinde Bartholomeo

Im Land Tansania in Ostafrika hat ein europäischer Pfarrer gelebt. Er sollte wieder nach Hause in sein Heimatland fahren. Vorher wollte er noch einige Geschenke für seine Angehörigen und Freunde kaufen. Darum ging der Pfarrer zu dem Haus des Holzschnitzers Bartholomeo. Als er in das Haus kam, sah er einen blinden Mann. Der Blinde zeigte dem Pfarrer viele geschnitzte Dinge: Masken, Schalen, Dosen und Figuren. Der Pfarrer war erstaunt. Er fragte den blinden Mann: »Bist du der Künstler Bartholomeo? Du bist blind! Wie kannst du solche Dinge schnitzen?« Der Blinde lächelte und nickte. Er antwortete: »Zum Schnitzen brauche ich weiches Holz, ein gutes Messer und meine Finger. Meine Finger fühlen die Form. Ich kann ohne meine Augen gut schnitzen.«
Dann zeigte Bartholomeo dem Priester ein sehr schönes Kreuz. Er sagte: »Das habe ich geschnitzt.« Christus hängt am Kreuz. Eine Hand ist nicht festgenagelt. Die Hand segnet die Menschen. Der blinde Künstler sagte: »Ich habe Jesus Christus gefunden, indem ich an ihn glaube. Ich denke: Christus ist am Kreuz für uns gestorben, weil er uns liebt. Aber Jesus hat den Tod besiegt: er ist auferstanden. Jesus möchte uns nach Krankheit, Leid und Tod zur Auferstehung und zum ewigen Leben führen. Er segnet uns und gibt uns Kraft für unseren Lebensweg.«
Das Kreuz von Bartholomeo hängt nun in der Wohnung des Pfarrers. Der Pfarrer erzählt seinen Gästen, daß der blinde Bartholomeo aus Tansania dieses Kreuz geschnitzt hat.

Ein Religionslehrer in einer
christlichen Gemeinde im Tschad.

Lieber Gott,
ich habe einen lieben Vater,
ich habe eine sehr liebe Mutter.
Sie haben immer gut für mich gesorgt.
Ich danke dir,
weil du mir die guten Eltern gegeben hast.

Lieber Gott,
aber viele Kinder haben keine Eltern:
Sie sind Waisen.
Bitte, hilf den Menschen,
damit sie die Waisen lieben und
gut für sie sorgen.

Gebet eines Mädchens in Äthiopien

In der Stadt Addis Abeba in Äthiopien
kommen arme und behinderte Menschen immer
wieder zusammen, um zu beten.

Freude – ein Geschenk Gottes

Manche Leute denken: Nur reiche und gesunde Menschen können sich freuen. Sie können große Feste feiern. Sie haben schöne Kleider, sie haben gute Speisen und Getränke. Sie tanzen oft. Sie haben ein gutes Leben.

Aber das stimmt nicht. Reich sein bedeutet nicht: immer Freude haben.
Arm sein bedeutet nicht: immer traurig sein.

Viele Menschen auf der Welt sind nicht reich und nicht gesund. Aber sie können lachen und fröhlich sein.

Ein Seelsorger und Arzt lebt bei Leprakranken auf der Insel Madagaskar. Er ist oft mit ihnen zusammen. Er unterhält sich mit ihnen. Sie singen und spielen miteinander. Sie feiern – ohne schöne Kleider und ohne große Mahlzeiten. Aber sie sind fröhlich. Man sieht es (auf dem Bild) an ihrem Lachen und an ihren glücklichen Augen.

Dr. Pierre Zévaco ist Arzt und Seelsorger
bei den Leprakranken auf der Insel Madagaskar.

Aus dem Neuen Testament: Evangelium nach Markus

Ein Mann war durch Krankheit stumm geworden. Jesus heilte den Stummen. Dann konnte er wieder sprechen. Die Leute waren erstaunt. (Siehe: Evangelium – Texte nach Lukas.)
Jesus Christus hat die meisten Gehörlosen nicht geheilt. Aber er will auch die Gehörlosen froh machen. Er hilft, indem er besondere Lehrer und Seelsorger zu den Gehörlosen schickt. Sie belehren und erklären das Evangelium von Jesus Christus.
1984 war in New York eine Versammlung: Gehörlosenseelsorger, Schwestern und Gehörlosenlehrer aus vielen Ländern waren gekommen. Sie haben überlegt: Wie können wir den Gehörlosen auf der ganzen Welt die frohe Botschaft bringen und ihnen helfen, zufrieden und glücklich zu werden?
Der Bischof von Ghana hat erzählt, daß er eine Gehörlosenschule gebaut hat.
Ein Ordensbruder aus Madras in Indien hat von seiner Gehörlosenschule in Madras berichtet.
Eine Schwester aus Tansania hat erzählt, daß sie in Irland und in Holland die Ausbildung zur Gehörlosenlehrerin bekommen hat und schon 20 Jahre eine Gehörlosenschule leitet.
Alle haben gesagt: Wir brauchen gute Gehörlosenseelsorger und Gehörlosenlehrer.
Wir brauchen gute Religionsbücher. Wir brauchen auch Schulgebäude. Bitte, helft uns.
Es gibt viele Menschen in Afrika, Asien, Lateinamerika und vielen Ländern, die gerne den Gehörlosen die frohe Botschaft bringen. Aber sie brauchen unsere Hilfe – sie brauchen unsere Liebe.

Drei Religionslehrer aus Thailand
wollen die Christen unterrichten.
Der Pfarrer segnet sie.

Großes Gottvertrauen

Eine Frau aus Bangladesh erzählt:

Früher war ich gesund und stark. Ich war Mitarbeiterin bei einem Pfarrer. Ich sorgte für den Pfarrer: für die Wäsche, für das Zimmer, für das Essen und für die Gäste.

Dann wurde ich sehr krank. Durch einen Schlaganfall wurde ich gelähmt. Ich kann nicht mehr arbeiten. Ich kann auch nicht für mich selbst sorgen. Ich habe große Angst und denke immer wieder: Wenn noch ein Schlaganfall kommt, dann bleibe ich immer gelähmt.

Trotzdem: Ich glaube an Gott. Ich glaube fest: Gott regiert mein Leben. Er sorgt für mich. Er kann meine Angst wegnehmen. Er gibt mir Frieden und Freude. Dafür bin ich dankbar.

Eine Frau aus Bangladesh.

Ostern: Das Fest der großen Freude

Die Apostel haben nach der Auferstehung von Jesus zusammen mit ihm gegessen und getrunken. Sie sind ihm begegnet. Auch seine Mutter Maria ist ihm begegnet.

Auf den Philippinen feiern die Christen an Ostern die Begegnung des auferstandenen Jesus mit seiner Mutter. Die Leute machen zwei Prozessionen. Die eine Prozession kommt aus einer Kirche. Vier Männer tragen eine Figur des auferstandenen Jesus Christus. Die andere Prozession kommt von einer anderen Kirche. Einige Frauen tragen eine Figur der Mutter Gottes. Die Figur ist mit einem schwarzen Schleier verhüllt.

Die Figur der Mutter Gottes wird zu der Figur von Jesus Christus getragen. Die Christen sind versammelt und schauen. Ein Kind zieht den schwarzen Trauerschleier von der Mutter-Gottes-Figur weg. Das bedeutet: Die Trauer ist vorbei, weil Jesus von den Toten auferstanden ist.

Dann beginnt der Ostergottesdienst. Das Fest der großen Freude.

Im Gottesdienst begegnen auch wir dem auferstandenen Jesus Christus.

Auf den Philippinen feiern viele Christen das Osterfest mit großen Prozessionen.

Lieber Gott,
du bist unser Vater im Himmel.
Ich danke dir, weil du mir eine sehr gute Mutter gegeben hast.
Sie hat mich geboren und genährt.
Sie hat mich gestreichelt und geküßt.
Sie hat immer für mich gesorgt.
Wenn ich krank war, dann hat sie an meinem Bett gewacht.
Meine Mutter liebt mich sehr.

Lieber Gott,
segne meine Mutter.
Schenk ihr Gesundheit und
schütze sie vor Unglück.
Hilf mir, damit ich immer dankbar bin und
immer für meine Mutter sorge.
Wenn sie stirbt, dann möchte ich bei ihr sein und ihr helfen.

Gebet eines Bischofs in Indien

Eine christliche Frau in Indien
betet mit ihrem Kind.

Pfingsten: Ein besonderer Tag der Behinderten und Kranken

Gott läßt die Christen nicht allein. Er schenkt ihnen den Heiligen Geist.

Seit 1931 ist Pfingsten ein besonderer Tag für alle Behinderten und Kranken. Damals waren am Pfingstfest in Rom 7000 kranke und behinderte Menschen zusammengekommen. Sie dankten Gott, daß er den Christen den Heiligen Geist schickt. Sie dankten, weil der Heilige Geist Mut und Kraft gibt, weil er die Christen erleuchtet, damit sie die Wahrheit erkennen und lehren. Sie beteten besonders, damit der christliche Glaube überall zu den Menschen kommen kann.

An jedem Pfingstfest beten Behinderte und Kranke besonders, damit der christliche Glaube überall zu den Menschen kommen kann.

Eine Schwester aus Burma
erklärt den Kindern den christlichen Glauben.

Aus dem Neuen Testament: Apostelgeschichte

Die Apostel wußten: Jesus ist auch der Erlöser der Heiden. Sie predigten in fremden Ländern das Evangelium. Viele Menschen glaubten an Jesus und wurden getauft. Sie gründeten Gemeinden und nannten sich Christen. Die reichen Gemeinden der Christen unterstützten die armen Gemeinden der Christen.
(Siehe: von Jerusalem nach Rom.)

Alle Christen wissen: Die »Frohe Botschaft« von Jesus Christus muß verkündet werden. Sie muß verkündet werden zu allen Zeiten an alle Menschen in allen Ländern. Denn alle Menschen brauchen die Liebe von Gott und die Erlösung durch Jesus Christus.

Christen gibt es seit fast 2000 Jahren. Zuerst gab es nur wenige Christen. Später gab es in Europa sehr viele Christen und nur wenige Menschen, die nicht an Christus glaubten. Heute ist es anders.

Bis zum vorigen Jahrhundert gab es in Afrika, Asien, Ozeanien und Lateinamerika nur sehr wenige Christen. Heute gibt es schon viele Christen in diesen Ländern. Nach dem Jahr 2000 leben dort mehr Christen als in den Ländern Europas. Warum? In Europa werden immer weniger Kinder geboren. Es gibt wenige neue Bekehrungen zum christlichen Glauben. Es gibt immer mehr Menschen, die nicht an Jesus Christus glauben. In Afrika, Asien, Ozeanien und Lateinamerika ist es anders: Die Familien haben sehr viele Kinder. Viele Kinder, aber auch Erwachsene werden getauft. Sie sind Christen. Darum gibt es in diesen Ländern immer mehr christliche Gemeinden.

Eine Ansagerin bei einem christlichen Sender
in Indonesien
verkündet die »Frohe Botschaft«.

Für andere Menschen Zeit haben

Ein Pfarrer aus Europa arbeitete in Pakistan. Er kam oft mit Kindern und Jugendlichen zusammen. Sie liebten den Pfarrer, darum besuchten sie ihn oft.

Einmal kamen in den Schulferien zwei kleine Mädchen und ein Junge zu dem Pfarrer. Sie fragten ihn: »Gehst du zusammen mit uns spazieren?« Der Pfarrer hatte an diesem Tag sehr wenig Zeit. Aber er sagte: »Ich gehe eine Viertelstunde zusammen mit euch spazieren.«

Unterwegs sagte der Junge zum Pfarrer: »Du liebst uns nicht.« Der Pfarrer war erstaunt und fragte die Kinder: »Warum denkt ihr: ich liebe euch nicht?« Der Junge antwortete: »Du liebst uns nicht. Du hast uns eine Viertelstunde Zeit versprochen. Aber in dieser Viertelstunde hast du schon fünfmal auf die Uhr geschaut. Wenn man einander liebt, dann vergißt man die Zeit. Aber du bist mit deinen Gedanken nicht bei uns, sondern zu Hause und bei deiner Arbeit.«

Diese Antwort hat den Pfarrer sehr erschrocken. Er hatte vergessen, daß er in einem fremden Land lebt. In diesem Land haben die Leute noch Zeit füreinander. Auch die Kinder wußten: Freundschaft und Liebe brauchen Zeit. Wir alle wissen: Viele Leute warten auf Menschen, die Zeit füreinander haben.

Ein Pfarrer feiert
mit der christlichen Dorfgemeinde in Pakistan
den Gottesdienst.

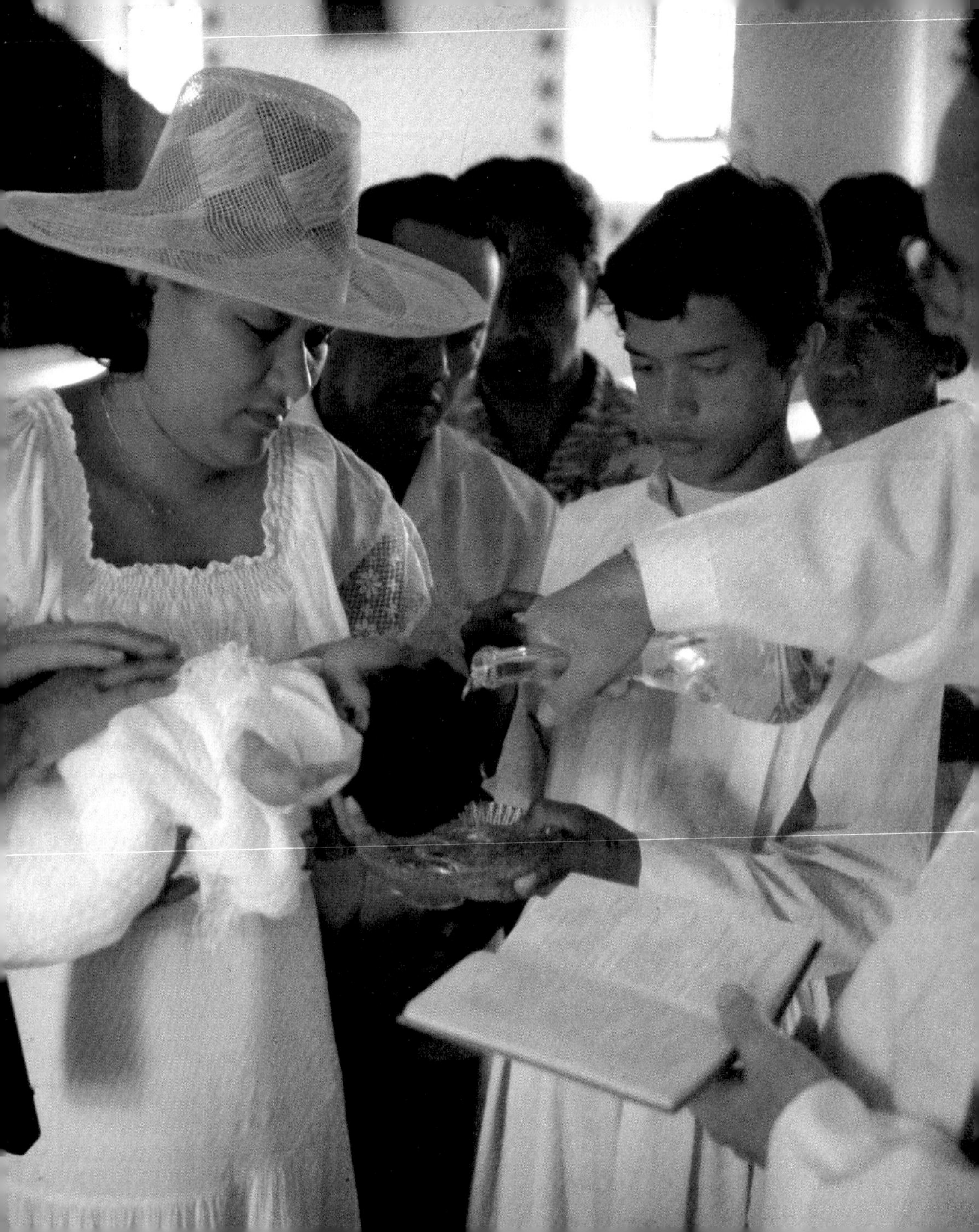

Das neue Leben

Eine junge Chinesin erzählt aus ihrem Leben:
Meine Familie kam von China nach Singapur. Meine Eltern glaubten an Buddha, aber trotzdem schickten sie meine fünf Schwestern und mich in eine christliche Schule. Bald glaubten wir sechs Mädchen nicht mehr an Buddha, sondern an Jesus Christus.

Ich wollte getauft werden. Mein Vater war einverstanden. Er war sehr krank und starb bald. Aber meine Mutter sagte: »Jetzt darfst du noch nicht entscheiden. Du bist noch zu jung.« Ich mußte geduldig warten und dachte: Meine christlichen Mitschülerinnen brauchten nicht zu warten, weil sie schon als kleine Kinder die Taufe empfangen haben. Sie haben Glück gehabt.

Nach dem Studium wurde ich Rechtsanwältin. Ich glaubte noch immer ganz fest: Nur der christliche Glaube ist wahr! Obwohl die meisten Menschen in Singapur einen anderen Glauben haben. Weihnachten 1981 wurde ich endlich getauft.

Ich liebe Jesus Christus sehr. Ich denke: Für mich hat durch die Taufe ein neues Leben begonnen. Es ist wunderbar, daß wir das göttliche Leben haben und Christen sein dürfen.

Eine christliche Taufe
auf Tahiti in Ozeanien.

Lieber Jesus,
mein Vater ist schon sehr alt.
Aber trotzdem arbeitet er gern im Garten.
Er hat im Garten Gemüse gepflanzt,
weil er gern Gemüse ißt.

Lieber Jesus,
bitte sorge dafür,
daß die Sonne scheint und das Gemüse gut wächst,
damit wir viel Gemüse bekommen.
Ich bitte dich sehr.

Gebet eines Kindes in Papua-Neuguinea

Drei Kinder warten auf ihre Eltern
in den Bergen von Papua-Neuguinea
in Ozeanien.

TOYOTA
D·7940

Miteinander arbeiten, glauben und teilen

Die Christen in vielen Ländern denken an die Verkündigung der »Frohen Botschaft« bei allen Menschen auf der Erde. Sie tun es ganz besonders an einem Sonntag im Jahr. Deshalb nennt man diesen Sonntag den Missions-Sonntag. Die Christen beten, damit alle Menschen die »Frohe Botschaft« von der Liebe Gottes erfahren.

Am Missions-Sonntag beten und spenden die Christen auf der ganzen Erde für die Pfarrer, Schwestern und Religionslehrer, die Glaubensboten sind und das Evangelium bei allen Menschen verkünden. Denn Jesus Christus hat befohlen: »Geht zu allen Menschen. Ihr sollt predigen und taufen und Kranke heilen.« Die Christen wissen: Wir arbeiten miteinander, wir glauben miteinander und wir teilen miteinander. Wir sind alle verantwortlich füreinander in der ganzen Welt. Darum ist die Hilfe von allen Christen notwendig.

Ein Auto steckt im Schlamm
vor einem Pfarrhaus in Fidschi in Ozeanien.
Die Leute helfen,
damit der Wagen wieder fahren kann.

Aus dem Alten Testament: Buch Ijob

Gott sprach zu Ijob: »Ich bin Gott. Ich befehle im Himmel und auf Erden. Ich bin Gott. Ich bin immer gerecht. Aber du hast gezweifelt. Du sollst nicht zweifeln, sondern du sollst auf mich vertrauen. Du sollst meine Allmacht und Gerechtigkeit erkennen.«
(Siehe: Väter, Könige und Propheten.)
Es gibt immer wieder Notzeiten – auch in unserem Leben: Krankheit, Tod von lieben Menschen, in vielen Ländern auch Arbeitslosigkeit. Aber wir brauchen nicht zu verzweifeln. Wir dürfen Gott um Hilfe bitten. Wir können auf ihn vertrauen. Er ist immer Gott, unser Vater im Himmel.
Aber wir denken auch an die anderen Menschen in anderen Ländern. Wir lesen in der Zeitung und schauen im Fernsehen von Kriegen und Verfolgungen.
In vielen Ländern werden Menschen verfolgt, weil sie an Jesus Christus glauben. Sie dürfen ihren Glauben nicht bekennen und nicht christlich leben. Man ermordet Männer und Frauen, Pfarrer und Ordensschwestern, weil sie christlich leben und den Glauben an Jesus Christus mutig und offen bekennen. Ich denke hier an Länder in Lateinamerika.
Wir bitten Gott um Kraft und Hilfe:
Für alle verfolgten Menschen, damit sie weiter auf Gott vertrauen,
damit sie im Glauben stark bleiben.

Für alle unschuldig Gefangenen, damit Jesus Christus sie tröstet.
Für alle, die an Gott zweifeln, damit der Heilige Geist ihnen hilft.
Sie sollen fest glauben, daß Gott allmächtig und immer gerecht ist.

Eine junge Christin aus Samoa in Ozeanien
betet bei einem Gottesdienst.

Es gibt reiche und arme Länder. Man nennt die armen Länder auch »die dritte Welt«.
In den reichen Ländern haben die meisten Menschen ein gutes Leben: Sie haben Arbeitsplätze. Sie haben gute Wohnungen, sie haben niemals Hunger, sie fahren in Urlaub und haben viele Hobbys.
In den armen Ländern haben die meisten Menschen kein gutes Leben. Eine Milliarde Menschen hat immer zu wenig zu essen. Viele sterben an Hunger. Es gibt zu wenig Ärzte und Krankenhäuser. Es gibt in der dritten Welt viel Armut und Unglück.

Jesus hat die reichen Menschen früher oft streng ermahnt, die Armen nicht zu vergessen, sondern ihnen zu helfen.

Christlich leben bedeutet, »den Nächsten ebenso lieben wie sich selbst«. Auch die Menschen in der dritten Welt sind unsere Nächsten.
Wie können wir sie lieben?

Wir können selbst auf etwas verzichten und für sie spenden.
Wir können andere Menschen immer wieder ermahnen,
daß sie auch den Menschen in der dritten Welt helfen.
Wir müssen Gott bitten, alle Menschen vor Unglück und Krankheit zu schützen.

Die Mutter aus Tonga
in Ozeanien macht eine Fußbodenmatte.
Ihr Kind schaut zu.

Du sollst deinen Nächsten lieben ebenso wie dich selbst

In einer kleinen Stadt in Indien lebt eine Frau. Sie geht regelmäßig zum Basar (Markt), um ihre Einkäufe zu machen. Die Leute im Basar-Viertel kennen die Frau. Denn sie tut immer etwas Besonderes. Jedesmal beim Einkaufen zieht sie ein kleines braunes Notizbuch aus ihrer Tasche und schreibt etwas hinein. Die Leute wollten gern wissen, was die Frau jedesmal in das Notizbuch schreibt. Aber keiner wollte die Frau fragen.

Aber eines Tages fragte doch jemand die Frau: »Was schreiben Sie in Ihr Notizbuch?« Die Frau wurde rot. Sie war verlegen. Dann erzählte sie: »Ich kaufe oft sehr teure Luxusartikel. Jedesmal wenn ich sie einkaufe, dann schreibe ich die Preise dieser überflüssigen Dinge in mein Notizbuch. Denn ich möchte den gleichen Geldbetrag für arme Menschen ausgeben – für Menschen, die viel weniger haben als ich. Mein Notizbuch erinnert mich: Ich darf die vielen armen und leidenden Menschen nicht vergessen.«

Die Leute waren sehr erstaunt und beschämt. Sie dachten: Wir sollen es ebenso machen wie diese Frau.

Zwei Schwestern in Argentinien
gehen einen weiten und einsamen Weg
bis zur nächsten christlichen Gemeinde.

Lieber Gott,
ich bitte dich:
gib mir ein langes Leben,
damit ich noch sehr lange für meinen Sohn sorgen kann.

Ich bitte dich:
mach mich geduldig,
damit ich ihn gut erziehen und richtig belehren kann.

Ich bitte dich:
mach mich klug,
damit ich niemals Böses tue.

Ich bitte dich:
schenk uns deine Gnade,
damit mein Sohn und ich fromm leben können und
später zu dir in den Himmel kommen.

Bitte, lieber Gott,
segne meinen Sohn und mich.
Ich danke dir.

Gebet eines Vaters in Bolivien

Vater und Sohn gehen zu ihrer Kirche
in Bolivien.

Folgende Seiten:
Ushuaia in Südargentinien:
die südlichste Stadt der Welt.

Ich bin immer bei euch

Mutter Teresa sagte: »Wenn wir Christen sind, dann müssen wir ebenso wie Christus die Menschen lieben. Das ist mein tiefer Glaube.«
Der indische Staatsmann Mahatma Ghandi hat gesagt: »Wenn alle Christen christlich leben, dann gibt es auch in Indien nur noch Christen.
Die Menschen überall in der Welt wolle daß die Christen christlich leben.«

Noch viele Menschen suchen nach Gott. Aber sie finden Gott nicht. Vielleicht, weil wir Christen nicht christlich leben. Wenn wir christlich leben, dann verkündigen wir die frohe Botschaft und geben ein gutes Beispiel.
Jesus hat gesagt: »Wenn eine Stadt auf einem hohen Berg liegt, dann kann man sie von weitem sehen.« Das bedeutet: Gute Beispiele sind für alle Menschen wichtig. Wenn sie unser gutes Beispiel sehen, dann können sie leichter erkennen, daß Jesus die frohe Botschaft für alle Menschen gebracht hat.

Fotonachweis:
K. H. Melters, Missio-Bildarchiv, Aachen

Die biblischen Texte
sind folgenden Büchern entnommen:
Evangelium – Texte nach Lukas,
St. Benno-Verlag GmbH, Leipzig, 1979
Von Jerusalem nach Rom, Apostelgeschichte,
St. Benno-Verlag GmbH Leipzig, 1980
Väter, Könige und Propheten,
St. Benno-Verlag GmbH Leipzig, 1978

Kirchliche Druckerlaubnis:
Dresden, den 16. Mai 1985,
+ Georg Weinhold, in Vertretung des Generalvikars

ISBN 3–7462–0096–2

1. Auflage 1986
Lizenznummer 480/56/86
LSV 6110
Lektor: Peter Kokschal
Printed in the German Democratic Republic
Satz: VOB Buch- und Offsetdruck, Leipzig
Reproduktion: Neues Deutschland, Berlin
Druck: H. F. JÜTTE (VOB) Leipzig
Betrieb der ausgezeichneten Qualitätsarbeit
Buchbinderei: VOB Buch- und Offsetdruck, Leipzig
00750

Arktis
Nordkanada
Algerien
Niger
Mali
Obervolta
Bolivien
Tahiti
Argentinien